艳阳冬晶

王娴静 / 著

文化艺术出版社

图书在版编目（CIP）数据

艳阳冬晶 / 王娴静著.—北京：文化艺术出版社，
2017.12
ISBN 978-7-5039-6427-5

Ⅰ.①艳… Ⅱ.①王… Ⅲ.①诗集—中国—当代
Ⅳ.①I227

中国版本图书馆CIP数据核字（2017）第308824号

艳阳冬晶

著　　者	王娴静
责任编辑	巩建华
封面设计	姚雪媛
出版发行	文化藝術出版社
地　　址	北京市东城区东四八条52号　（100700）
网　　址	www.caaph.com
电子邮箱	s@caaph.com
电　　话	（010）84057666（总编室）84057667（办公室） （010）84057696—84057699（发行部）
传　　真	（010）84057660（总编室）84057670（办公室） （010）84057690（发行部）
经　　销	全国新华书店
印　　刷	国英印务有限公司
版　　次	2018年4月第1版
印　　次	2018年4月第1次印刷
印　　张	9.125
字　　数	180千字
开　　本	880毫米×1230毫米　1/32
书　　号	ISBN 978-7-5039-6427-5
定　　价	32.00元

版权所有，侵权必究。如有印装错误，随时调换。

寄 语

  感恩此刻的安宁。现在是2017年11月中旬的晚上，我在享受着南方的初冬。屋外微寒，星光和霓虹闪烁追逐；屋内温暖，情愫和回忆交织蔓延……

  去年，也是这个时节，也是在这样的景致中，我迎来了人生的第一本诗集《艳阳春草》。第一本，那么青涩稚嫩，就如同她的名字一般——春草。嫩绿，嫩得好像婴儿的心；纤弱，微风一握她就会羞倒……现在，我每每翻阅《春草》里面的内容，总感觉一股至纯至真又稚气未脱的气息扑面而来。如雨后的泥土，不显眼的洁净自然，让人感觉到一种亲切的可心。我认为，作品与作者之间就是有一种本源的契合，对于诗歌，更是如此。诗歌是发于本心，凝自灵魂的精神之作，更彰显了作者的信仰，承载了作者的寄托。所以，《春草》时期的我也正是那雨后的泥土，怀着初醒的心，睁着懵懂的眼睛在大美自然中渴望探索，寻觅生机……

  世界总是很美好，别有洞天，走完一村又现一景；人生总是不确定，辗转寻觅，相逢之缘不期而遇。没有想到，5个月之后《艳阳夏露》就降临了，安稳笃定地被我捧在手心，虽是我一笔一画写就，但初阅之后还是感慨无限，感慨于《夏露》的纯美晶莹，感慨于《夏露》的宁静淡泊，她如同舀捧在手心的溪水，凉凉滑滑的与肌肤相亲，透透澈澈的能照见自己的心灵。很美，淡然的模样，不必俗艳的装扮，眼底流动着诗韵；很静，安宁的姿态，远离刻意的吹捧，手中轻抚着时光，怡然自得。

时间没有停下，脚步也不肯停歇；美好时刻在凝结，思想也需要不断升华。叶子在飞舞漂泊后发愿归于尘土，情愫在稚嫩青涩后渴望沉淀厚重。翻过"春草"的涩，阅尽"夏露"的纯，就如同走过春天的田间，游过夏天的公园，我渴望去欣赏感受更广阔旷远的天地。天之高，地之广，浩瀚宇宙，沧桑岁月。当一切情感归于深沉，一滴泪就是一片海；当一切言语凝于浑厚，一个字也是整篇史册。这正是诗歌的力量，小小的身躯承载了浩瀚宇宙；这也是诗歌的精神，弱弱的声音串联起沧桑岁月。"秋野"如泰山之岩，坚毅，不惧昼夜交替，四季变幻，身之坚方能成志之毅；执着，静观天之高远，地之广博，心生执念方能沉着安定。守着这方山岩，才能回归本心，才能寻回自己。

收官圆满，却时刻不息；落笔将成，却宛如初笔。越是坚定地行走就越会觉得只是起点，越是认定的使命就越会觉得才刚刚开启。冬，她既是四季之末，又是明春之始；既是四季珍稀的汇集又是来年征程的"本金"。因为热爱，怎么会是结束，一切宛如初见之美好；因为痴迷，怎么会有倦意，时刻仿佛呼吸般亲密。愿"冬晶"集"春""夏""秋"之精粹，是四季的沉淀，又能在继承中发扬自己的内涵，成为新的开始。

  诗歌见证岁月点滴,一步一步地成长;诗歌回味情思片段,百种滋味相交相融!

  这一生,能与诗歌相伴,只想说——世界对我太深情,定以美好相报之!

王娴静

2017 年 11 月 18 日

目　录

我是艳阳　/ 1

天生艺术家　/ 2

在水一方　/ 3

送春别　/ 4

乡愁　/ 5

雨别　/ 6

走到天边　/ 7

幸福的心　/ 8

佛灵　/ 9

睡美人　/ 10

秋野　/ 11

心香　/ 12

烟火　/ 13

决定　/ 14

思系　/ 15

美好的你　/ 16

爱你 / 17

梦乡 / 18

寻回自己 / 19

萦心 / 20

你最珍贵 / 21

你改变我 / 22

融汇 / 23

爱的期待 / 24

结永誓 / 25

许久不见的温柔 / 26

月下梧桐 / 27

我的记忆 / 28

引曲流 / 29

守美人 / 30

为你绽放 / 31

风尘别 / 32

永续 / 33

长远的呼唤 / 34

漫漫深秋 / 35

空中花束 / 36

痴望洲 / 37

遇见美好 / 38

别愁 / 39

花溪瘦 / 40

夜荷 / 41

微秋 / 42

白头纱 / 43

上妙楼 / 44

旋转木马 / 45

祝福 / 46

秋味 / 47

相思瘦 / 48

泪别 / 49

你的长发 / 50

爱与被爱 / 51

温柔 / 52

我来了 / 53

希望清晨 / 54

为 / 55

爱的眼睛 / 56

思念 / 57

龙之恋 / 58

踏歌寻梦 / 59

美人鱼 / 60

在未来等你 / 61

永远的一瞬 / 62

我们的记忆 / 63

安心 / 64

最美时光 / 65

菊绽 / 66

爱到深处 / 67

醉人的信 / 68

快乐精灵 / 69

佳节团美 / 70

月亮的温度 / 71

守云散 / 72

夜雨荷 / 73

雨桥 / 74

与江说 / 75

白雪公主 / 76

不一样的月亮 / 77

面纱 / 78

最爱 / 79

手护 / 80

我喜欢现在的生活 / 81

佳节酒 / 82

半片梧桐 / 83

醉白头 / 84

富康随 / 85

寂寞柳洲头 / 86

目光 / 87

初见 / 88

千帆蓄 / 89

好好地 / 90

月 / 92

月亮的脚步 / 93

夜雨湖 / 94

胭脂泪 / 95

枕河居 / 96

看清楚 / 97

一直美下去 / 98

盼回 / 100

遥望 / 101

世纪孤独 / 102

神曲 / 104

花落花 / 105

枯灯伴 / 106

牧曲 / 107

伞下 / 108

飘摇 / 109

沉爱 / 110

未了情 / 111

大提琴 / 112

月亮桥 / 113

起舞 / 114

你那一低头 / 115

秋悠酒 / 116

看到太阳 / 117

敬一杯 / 118

随时找到我 / 120

佳人梦 / 121

宛如江水 / 122

醉了柳 / 123

几句话 / 124

云是星 / 125

怀中猫咪 / 126

步摇 / 127

浅菊悠 / 128

宰相酒 / 129

遇见最美的自己 / 130

伊人望 / 131

飞花叹 / 132

别愁 / 133

花枝柔 / 134

爱的宿命 / 135

云若烟 / 136

远方的酒 / 137

沿香酒 / 138

一树花开 / 139

痴望 / 140

秋千 / 141

双虹游 / 143

林安然 / 144

牡丹 / 145

呼吸之间 / 146

乱红惹 / 147

观自在 / 148

妆台思 / 149

启始 / 150

蓝色故乡 / 151

秋寒愁 / 152

双子楼 / 153

流影 / 154

拥抱自己 / 155

悠淡欢 / 156

古老的村落 / 157

轮回的约定 / 159

深情的世界 / 161

红色枫叶 / 163

枫红透 / 164

未来无限好 / 165

为什么爱我 / 167

佳人安 / 168

酒上头 / 169

秋林幽 / 170

心里的孩子 / 171

静幽思 / 172

未来 / 173

金色大道 / 174

田趣 / 175

陪你走走 / 176

美到心 / 178

最初 / 179

看遍 / 180

花簪 / 181

素衣 / 182

问归期 / 183

塞还 / 184

佳人游 / 185

爱上了你 / 186

杜娘惹 / 187

行走 / 188

云行 / 190

简单 / 191

好好对你 / 192

生命的轨迹 / 193

银杏浓秋 / 194

当你想起我 / 195

迎 / 196

曦燃 / 197

情涵 / 198

平凡的世界 / 199

梦思楼 / 200

在哪儿 / 201

醒来 / 202

紫色花海 / 203

静静美好 / 204

故事 / 205

我的太阳 / 206

努力 / 207

小路 / 208

年少时 / 209

下雨了 / 210

故乡愁 / 211

南国枝 / 212

双雁游 / 213

停泊 / 214

泊船 / 215

曲折 / 216

小火炉 / 217

望海的小鸟 / 218

拉着手 / 219

第一次想你 / 220

行雨江南 / 221

另一个自己 / 222

桂香书 / 224

爱的养育 / 225

牧野 / 227

再唤一遍 / 228

夜思量 / 229

香盈袖 / 230

红染古乡 / 231

来了 / 232

容我 / 233

共君游 / 234

变成泡沫 / 235

宁舞 / 236

雨打点滴 / 237

佳人对饮 / 238

石头唱歌 / 239

抱竹安 / 240

这一步 / 241

情动 / 242

等雪 / 243

梨涡 / 244

梦妙缘 / 245

回头 / 246

你 / 247

偶尔想起 / 248

只想靠近 / 249

今生 / 250

我们的未来 / 251

带上你 / 252

归宁 / 253

风华 / 254

为了你 / 255

最月光 / 257

磬留 / 258

遗诺愁 / 259

追随 / 260

留恋的星 / 261

不远处 / 263

秋念 / 265

心柔 / 266

醉醉醉 / 267

我还在 / 268

柳垂新 / 269

月漫河滩 / 270

烁影灵 / 271

梧桐雨 / 272

我是艳阳

我是艳阳
艳丽的朝阳
自由是我的方向
温暖是我的心肠
明亮是我的期望
欢欣是我的梦乡

天生艺术家

一呼一吸抚流云
一倾一诉沉游星
浑然天成的美丽
何须粉饰
怡然自得的灵韵
挥之不去

展开
笔墨丹青
初见惊叹
启奏
天籁神音
一闻漾心

在水一方

在水一方
佳人之乡
纷纷杨柳如绵雨
点点杏泪鹅雪茫

在水一方
佳人之乡
璀波眼眸如星宿
莹脂润肌软玉霜

愿为灵鱼游万里
为求一睹美芳华
但幻劲鸟越山巅
只盼轻嗅沁心香

送春别

春别把酒送
芳酿衣沾松
情穿杏雨浓
思滴澄溪融

乡愁

走了几万里
寻寻觅觅惹乡愁
转身回首望
沉沉甸甸挥衣袖
浓情涌心头
深忆藏衣袖

游云带不走愁绪
清风吹不散梦忧
再走一走
走进云深处
且挥一挥
挥泪融风悠

雨别

绵雨沾衣别
涌雾穹归海
云峰青连黛
曲荷粉依白

走到天边

我想一步一步
走到天边去
很漫长
很吃力
我依然选择走着去
一步步
留下我的脚印
一步步
烙下我的足迹
天边不再是幻景
是一步步的追寻

幸福的心

蓝天的怀抱中
睡着一颗安静的心
白云的香唇里
含着一颗温暖的心

莫说心儿很陶醉
她沉溺在无边无际的柔情里
别笑心儿太恋依
她安享于无时无刻的爱意里

佛灵

遥目瞻远心
谆言熄苦雨
佛慈普光青
修竹幻静灵

睡美人

太过美好了
睡梦中的你
温柔得像溪水里倒映的悠云
宁静得像晨雾抚过的叶子

情不自禁想拥抱你
我会悄悄地
为你把美丽的梦守住
爱意涌动想吻你
我会轻轻地
为你把甜蜜的心珍藏

秋野

秋野高云荡
金原绵脉爽
海博浪飞扬
梦远心振翔

心香

取一片最洁白的云
滴一颗最晶莹的露
融化一体
酿成了你的香

蒙蒙丝雨一样的绵长
润我心房
渺渺仙雾一般的轻盈
抚我肌肤
浅浅深深地弥漫
近近远远地萦环

眼底流淌
梦中回荡

烟火

砰
动人的旋律
啪
绚烂的歌曲

你点亮了夜空
开出梦幻一样的花朵
闪亮
晶莹

你点燃了心灵
熠熠星星一样的光芒
荣耀
希望

决定

不再徘徊
一心前进
没有犹豫
毅然决定

当思念邂逅心灵
感动涌满眼睛
爱你
是我最重要的决定

思系

思长如天虹
系于碧映空
奇珍轻把赏
柔爱醉心浓

美好的你

你真的很美好
轻盈的身躯
纯透的魂灵
一吻云霞融
一抚山河新

看不够你的倩影
品不尽你的心曲

遇见你
开启崭新的生命
守护你
回归宁静的记忆

爱你

千叮万嘱
不及一双凝望的眼睛
千言万语
不如一枚轻轻的唇印

百转千回
我还在等待
斗转星移
我仍在期盼
朱唇难启
只知道
爱你爱你

梦乡

多少次举觞思量
多少回泪沾面庞
终于是
触不到的梦呓
满载深情的笑语
儿时的记忆
如祖母盛来的米浆
软软糯糯
香香甜甜

永远地
抱不住之云尘
溢漫思念的净霜
纯真的展望
是祖父挽起的衣袖
朗朗爽爽
坦坦荡荡

寻回自己

深情拥抱灵魂
眼睛仰望梦境
我终于寻回了自己

那一刻
邂逅你的那一瞬
深情瞩目
那一处
星光指引的方向
根植心底

回归
不再苦苦寻觅
沉淀
无需四处飘零

萦心

去一个安静的地方
游游看看
走走停停
白云上映着你安宁的脸颊
清风中弥漫着你熟悉的气息
本想在平和中挥一挥记忆
却
更
萦我心怀

你最珍贵

谁能解我一生情长
唯你
谁能抚我一世忧伤
唯你

广厦万千
不及你小小一滴眼泪
交响澎湃
不比你弱弱一声叹息

你的笑容
是我最暖的阳光
你的欢畅
是我最甜的蜜浆

山河雄壮
你最珍
天地万象
你最贵

你改变我

弱不一击
心中干涸的幼芽
成了婷婷玉叶的秀树
是你用充满爱意的甘霖浇灌我
给我最精心的呵护
改变了我

摇摇晃晃
暗淡无光的灰雀
变成灿烂翱翔的金凤
是你用饱含期待的火苗沐浴我
给我最明亮的希望
改变了我

融汇

孤单的水滴遇见了
寒冷中合抱共凝成坚强的冰
爱的温暖让我们越来越柔软
渐渐融化
又成了水
永远
汇入无边无际的深海里

爱的期待

我在守着一片云儿
用无瑕的波光
淡淡轻轻地凝望
我在远眺一片大海
用静静的思量
深深久久地向往

爱里等待
更在爱里期待
我相信
爱里有远方
爱里有未来

结永誓

初遇心融痴
点云淋相思
为抱合珍执
汇海结永誓

许久不见的温柔

落叶不能错过清风
那一次抚摸
将触动心底永远的温柔

娇花不能错过淳露
那一滴眼泪
将融化心底深埋的温柔

我不能错过你
那轻轻一瞥
滋润情扉
摇曳爱意
是永生的向往
许久不见的温柔

月下梧桐

月下梧桐璀
皎银胜雪晶
玉叶舞摇新
是黄还是青

我的记忆

我的记忆
有沉甸的泪滴
也有欢欣的笑语
那些编织密密的过去
都是你的身影

为了你
花开花落未留意
为了你
云卷云舒不可惜

都是你
只是你
占据所有的记忆
点点滴滴
丝丝缕缕

引曲流

夕霞欢抱橘子洲
云星共枕诉梦柔
不慕山河遥天久
只愿明月引曲流

守美人

潺潺流梦游
淌淌摇心舟
美人染酒醉
繁星远相守

为你绽放

清风摇动白纱
晨曦静吻眼睫
都倾心你的美丽

纯纯的　痴痴的心
简简单单的欢愉
只为享你一抚的甜蜜

我来了
深深的寄托
尽绽放
满满的情意

风尘别

划满静深魂
幻思香轻吻
久凝了心声
一别惹风尘

永续

斗转星移
我仍在原地
等你
沧海桑田
一样的梦境
守心

变了四季
变不了爱意
越过万里
越不过思绪

续永
永续

长远的呼唤

可听见那长长远远的呼唤
沉沉甸甸
续续绵绵
发于草原山巅
源自穹空海渊
饱含最深情的思念
长于漫长
远过遥远

漫漫深秋

金色梧桐落满地
一片灿烂　一片挚情
彤红石楠立路旁
一簇绯红　一簇浓爱

秋
到了深处
满眼秋意心陶然
一路漫长
一心痴醉

看过去
把深情的秋韵嵌满眼睛
走下去
走到秋的深处

空中花束

看
遥远的空中飘着美丽的花束
白色的润瓣摇摆
是云还是雪
黄色芯蕊颔首
是星还是霞

轻晃着粉丝带
把我的马尾解开
系在花束的腰弯
群雁也翩舞着
把我美丽的心愿
衔于漫天花海

痴望洲

清溪抚云袖
碧月滑心柔
独倚栏墙瘦
痴境望秋洲

遇见美好

遇见你
在最美丽的季节里

和风亲吻叶子
沙沙地摇晃
是你闪烁温柔的眼睛
流淌着你迷幻的梦境

静水游转的涟漪
清清地飞旋
是你纯真动人的笑唇
诉说着你澄澈的心灵

美丽的季节
邂逅你
就是与美好的相遇

别愁

黏手望离头
送君秋尽洲
泪洒丝竹愁
一别香云瘦

花溪瘦

花溪瘦
花溪望沙洲
沙洲愁
沙洲痴心投

花溪羞
花溪问沙洲
沙洲柔
沙洲绵丝幽

花溪不肯游
愿把香盈袖
沙洲不肯走
只为爱意留

夜荷

夜深了
你睡了吗
想再看一看你的美丽
入秋了
你冷吗
想为你披一件青衫

你竟还没有睡去
摇晃美丽的身躯
温柔地等待我的到来
你是那样的知心
滑动碧叶上的露珠
告诉我
这是为我摘下的秋星

微秋

秋微荷不走
静倚望蓬羞
野鸥波溅轻
宽羽惊云游

白头纱

取一缕云烟
幻成纯白的头纱
盖在你娇羞的脸庞
天边的风儿听闻了你的美丽
奔到你身旁想与你相见
急切却又怕惊动了你
轻轻浅浅吹动头纱
头纱缓缓飘扬
成了雪白的翅膀
载着你期待的心
甜蜜飞翔

上妙楼

月眉星目游
白藕香葱手
绢扇伫瓶立
独上妙高楼

旋转木马

我变成了小小的拇指姑娘
在精美绝伦的八音盒里
唱着婉转动听的歌曲
跳起优美迷人的舞蹈
歌声舞姿吸引了天边的飞马
它要载着我一起遨游
旋转吧
让美妙的歌声永远绕环
奔驰吧
把美丽的身影传遍世界
飞翔吧
将美好的梦想挂在天空

祝福

白云望着小溪
轻轻地
静静地
虽不能游荡在你的怀里
我还是要祝福你的清澈
你的清澈就是我的晴朗

小溪望着白云
久久地
深深地
虽不能为你洗净尘埃
但我依然祝福你的纯洁
你的纯洁就是我的安宁

祝福你
用满满的爱
祝福你
用温暖的心

秋味

漫步在
铺满金色梧桐的路面
脚边充满了秋的气息
捡起一片叶子
满眼黄灿灿的秋韵
轻嗅
绵悠的秋情
滑过指尖
缓缓抚摸
直触秋的灵魂
深沉也深情
淡泊也淡定

相思瘦

相思瘦
花枝摇
莫道浓睡可消酒
酒醒四壁空悠悠

相思瘦
独摆舟
不信漂流可断愁
愁唤哀泣鸣啾啾

泪别

执手陌路归
无言深相对
奔泪跃江水
一涌荡云飞

你的长发

你的长发
瀑布一样地垂挂
流淌了多少情思
奔涌出多少心志
飘啊
三千尺
荡啊
五万丈

密密麻麻的情思
纷纷繁繁的心志

爱与被爱

被爱是幸运
爱是幸福

被爱是你有了月亮
爱是你成了太阳

被爱是回归
爱是出发

被爱是避风港
爱是海上舟

被爱使你安静
爱让你奋斗

温柔

轻轻一瞥
醉了心
绵绵一抚
融了魂

挥不去
耳畔流淌的细软声音
拨不散
眼前摇晃的曼妙身影

你的温柔
直触心底

我来了

我来了
等久了吧
这凉凉的夜
你还没有睡去
一定是在期待

我来了
静静坐在你的身边
准备了许久的话
竟说不出口

温柔的你
没有怪我来得晚
只是心疼地问
累了吧

懂事的你
没有笑我不善言语
柔语细诉
我懂你的心
来了就好

希望清晨

鸟儿欢唱
鱼儿跃翔
草儿摇爽
花儿吐芳

清晨的希望将我唤醒
给了我金灿灿的明亮
告诉我
新一天新风光
新一天新展望

为

金鲤游万里
为连浮游侬
银鸽越山脊
为传相思信
佳人舞罗裙
为悦夫婿喜
夫婿抚香琴
为燃萦心音

爱的眼睛

一双眼睛
一直望着你　望着你
多么温柔
多么深情
看似世上最无力
实乃天地最坚定
她能为你把浓厚的雾霾驱散
她能把你冰封的心灵唤醒

一双眼睛
永远爱着你　爱着你
多少期待
多少温情
看似缥缈不及
实乃时刻环系
她能为你守护　寸步不离
她能载你飞翔　遨游天际

思念

一片洁白的羽毛
在我心里
来来回回
飘飘荡荡
滑过我的心扉
又柔又轻

思念的羽毛
抚摸我　亲吻我
伴我云端枕眠
随我溪水浅漾

龙之恋

蛟龙翱天盘盈月
未知人间思寒远
但求回眸拾心怜
不枉久望云海间

踏歌寻梦

踏歌寻梦
寻梦之路歌相伴
歌途方向梦相引

踏歌寻梦
歌悠不惧梦遥远
梦力促歌永高扬

踏歌寻梦
歌在耳畔梦在心
梦是魂灵歌是情

美人鱼

梦幻美丽
是诗还是歌
轻盈飘摇
是云还是烟

流线曲线
绵长的爱恋
鳞彩光彩
闪耀到永远

在未来等你

我一直在寻找你
我将在未来告诉你
你是我生命中的神奇

我一直在等待你
我要在未来迎接你
让你幸福地奔向我的羽翼

我一直在注视你
我会在未来拥抱你
给你温暖的满满的爱意

一路相伴相依
未来相守相惜

永远的一瞬

如水的清澈目光
洗涤我的心房
流淌　流淌
如烟的玄幻气息
萦绕我的身侧
悠长　悠长
如云的绵软笑容
依枕我的梦乡
荡漾　荡漾

一瞬的注目
永远流淌
一瞬的心融
永远悠长
一瞬的呵抚
永远荡漾

我们的记忆

你可记得我的粉纱裙
她曾随我为你在星光下飞旋
记得
她摇醉了我的心

你可记得我的白帕巾
他曾为你拭去忧伤往昔
记得
他开启了我的幸福

你可记得我的笑
记得
那是轻轻吻过我的云朵

你可记得我的声音
记得
那是伴我入眠的安魂曲

安心

见到了你
我就安心了
你是我人生最后一道风景
最美　最舒心

感觉到你的爱
我就安心了
你是我人生第一缕晨光
最暖　最绚丽

懂了你的心
我就安心了
你是我人生唯一的梦乡
最真　最绵长

最美时光

人生路漫漫
一世久情长
何处寻觅
最美时光

你眼波闪烁的光芒
独一永恒
我笑窝荡漾的蜜芳
绝世悠长

原来
你我点滴丝缕间
星星斑斑
纷纷扬扬
皆是
最美时光

菊绽

爽归雁还秋境涣
枯临鱼眠冬霜传
莫言寒寂一生短
粲然尽绽万象观

爱到深处

爱到深处
自然流淌
无法抵挡的思量
无法阻隔的盼望

爱到深处
时刻荡漾
白云是你的脸庞
落叶是你的情肠

爱到深处
回忆涌上
你的歌留在梦乡
你的泪淋在心房

爱到深处
未来向往
你的愿望挂满云廊
你的志向铺平野广

醉人的信

一张薄薄的纸
写满了相思
轻轻一瞥
竟比喝了整坛的烈酒
还要醉人

看一遍醉一遍
你的笔迹你的心
抚一遍醉一遍
你的话语你的情

快乐精灵

你眨眨眼睛
如蝴蝶扑腾着轻盈的翅膀
灵鱼跃出水面
燕雀绕树飞旋

你甜甜一笑
如野栗熟透了　咧嘴开怀
星星闪闪烁烁
云朵摇摇摆摆

你爱歌唱
婉转的歌声让日月酥醉
你爱跳舞
美妙的舞姿使人间欢腾

你是快乐的小精灵
因为你的快乐
世界才能永远快乐

佳节团美

品盏香雨兑
燃炉清风吹
佳节凉秋随
心圆月团美

月亮的温度

月亮,你是那么美丽
那么透亮
美得让我忘不了你的脸庞
透得让我逃不过你的光芒

可是,我离你太远太远
我不知道你的温度
究竟是暖暖
还是寒凉

我好想来到你的身旁
轻轻抱住你
你若是暖暖
我会幸福地守护你
你若是寒凉
我依然耐心地陪伴你

守云散

途遥心不远
久别意相连
守得云散开
岁岁若初见

夜雨荷

我还是来了
敌不过思念
踏着凉风
踩着冷雨
静静来到你身边

看到你被风吹得飘摇
被雨打得憔悴
却也还是静静地守候
因为你知道
我一定会来

今晚没有月亮
没有洁白照耀你的美
今晚没有星辰
没有璀璨伴我前行

我还是来了
你依然等待

我是你唯一的依恋
你是我唯一的疼惜

雨桥

你沉默的身躯承载的是什么
是昨日的霞彩绚烂
还是明朝的晨曦斑驳

今夜
我也来了
我看到
雨,渗进了你的胸膛
你依然宽容执着
那么
是否也可
容我渡过

与江说

雨涵声默默
风摇思沉沉
夜游微凉涩
苦寒与江说

白雪公主

白雪皑皑
山河静美
在一片安宁的期待中
诞生了雪白雪白的你

紫葡萄一样晶莹的眼睛
汉白玉雕砌的琼鼻
水一样流淌的头发
悠云编织的心

人世上
最美最善良的小公主
天地间
最真最纯洁的小精灵

不一样的月亮

月亮
在我心中你有无数个美丽的模样
升于海上　你是壮硕
升于溪旁　你是纤弱
晴夜里　你笑如暖阳
细绵雨　你泪若梨花
……
就像爱你的我
与你同在
温柔依顺
与你离别
独立坚强

面纱

那么美丽的你
为何时时戴着面纱
不想美貌耀天地
不愿丽影震日月

天地非吾愿
日月未吾归

只需要你的一颗心
只为你揭下面纱

最爱

最爱你的人
不是叫得最响的那个人
他像影子
一直默默跟随
近在咫尺

最爱你的人
不是跑得最快的那个人
他像氧气
永远供你呼吸
片刻不离

他是最细腻的人
爱到你的毛孔里
他是最柔软的人
爱在你的心坎上

手护

我这一双手
随时随地都在护着你

为你披衣
为你擎伞
为你洗尘
为你启酒
……

漫漫长路
一直牵着你
沉沉夜色
缓缓抚摸你
……
珍惜你
呵护你
永远永远
守护你

我喜欢现在的生活

我喜欢现在的生活
告别了孤独
远离了繁浊
门前清溪自流淌
庭院兰桂幽泌芳

我喜欢现在的生活
送走了烈日
拥抱过绵雨
眼前静辉久华烁
心头暖阳融梦舒

我喜欢现在的生活
有你
有我

佳节酒

佳节执佳手
美辰品美酒
月满摘星楼
思溢关雎洲

半片梧桐

拾起一叶金黄
便走进一片秋

你说这片梧桐像我的心
我说这是你的手掌
你爱它的娇柔
我爱它的宽厚

你把它一分为二
你摘下我的心
我牵起你的手

你把我的心封在日记中
我把你的手存在相册里

金色梧桐
是秋的使者
也是我们的信物

醉白头

雨夜不消愁
浓睡未散酒
莫道相思瘦
一醉到白头

富康随

灵瑞思福盈
秀泽润康定
寿如山同行
乐伴海相应

寂寞柳洲头

伤心痴绝处
萧身独黯游
西边喜婚酒
东头寂寞柳

锣鸣喧天奏
枯手扶墙瘦
往昔沉甸甸
来年怎悠悠

目光

你永远都不知道
自己的眼睛有多美

如水
波光流动
微微漾起温柔恬静的涟漪
清润舒心
一片一片荡漾在我的心田
洗涤我的灵魂

如星
闪烁飘逸
舞动神秘夜空别致的璀璨
灵秀轻盈
一阵一阵映耀在我的脑海
点亮我的人生

你永远都不知道
世界上最清净的水　最纯亮的星
就是你的眼睛

初见

初见
云端洒下万道霞光
投射在你的身上
那一瞬间
我触目到炫彩环抱的你
惊得以为
入错了时光
叹得以为
走进了梦里
惊叹于造物者的伟大神奇
竟然造就了这样
非比寻常的你

千帆蓄

百将气斩山
万军势破澜
千帆湾蓄守
唯盼震天吼

好好地

对你
我再无过多的要求
唯有
好好地
好好地生活
把自己照顾得好好的

对你
我再无太多的请求
只有
好好地
好好地快乐
把自己愉悦得好好的

对你
我再无其他恳求
除了
好好地
好好地幸福

把自己滋润得好好的

但愿你永远　好好的
我
才能安宁心舒

月

美丽
每一个角度
柔情
每一缕光束

安宁
静静思度
皎洁
纯纯注目

漫漫长路
你用如水的目光守护
幽幽暗夜
你用如风的轻手呵护

月亮的脚步

轻轻摇摆
似柳抚
盈盈翩跹
若蝶舞
美丽的月亮
移动梦幻的脚步

我慢踱
她徐行
我奔跃
她飞旋
一路同步　同步
一心守护　守护

夜雨湖

秋雨中漂泊的你
好像变了模样
湖水泛起的涟漪
变得冰凉
带着淡淡的忧愁
月光映照的粼光
变得无力
些许黯伤

我问你
会不会烦恼这惆怅的冷雨
让你飘摇得憔悴
你静静诉说
定定凝望

任冷风冰雨改变我的模样
也动摇不了我的心肠
明朝你且再来
我必还你艳丽湖光

胭脂泪

桃畔风别挥
柳亭思相随
胭脂点清泪
娇粉汇晶飞

枕河居

枕河居
饮雨醉
灰瓦影映辉
翠柳光泽翠

卧桥眠
食云飞
佳人高阁累
状元罢游追

看清楚

靠近
慢慢地
呼吸
轻轻地
心儿
静静地
眼睛
柔柔地

只为了
仔仔细细
把你看清楚

一遍一遍
每缕头发
一分一刻
直到古稀

一直美下去

请你
一直美下去
你的眼睛流淌着一泓春水
没有你的美
我这白鹭
在哪里飞

请你
一直美下去
你的面颊晕染了一道粉霞
没有你的美
我这云朵
为谁摇随

请你
一直美下去
你的香唇蕴藏有一夜星辰
没有你的美
我这花烛

与何相对

请你
一直美下去
为了我的梦
我要在你的美中沉醉

盼回

晚风吹
发纷飞
冷月静影对
孤心望离归

绵雨随
衣沾泪
寒江清映扉
枯手抚颜碎

憔悴　憔悴
盼回　盼回

遥望

云屹穹天清
花摇坤地新
虽不临身抚
遥望寄明心

世纪孤独

一个人
孤独地行走了一个世纪
来来回回
寻寻觅觅

好似夜空中唯一的孤星
游游离离
高高低低
偌大的苍穹
踽踽独行
孤苦无依

轻云呼唤我
没有去
绵雨怜惜我
未动情
就连月亮的怀抱
也
婉拒

我在等你
为你守了一个世纪
为你
宁可漂泊孤寂

神曲

醇秋芳桂庆
邀君抚流琴
曲罢山河立
一闻日月新

花落花

花落花
雪飞雪
花落雪怀
雪融花心

星流星
云移云
星流云梦
云移星空

枯灯伴

沙沙雨揉墨
凄凄风推信
白头孤思夜
枯灯伴天明

牧曲

宽袍光粼金
细草露降清
曲缓远思静
风扬牧人心

伞下

绵绵细雨
你为我擎起一把纯白的伞
我们漫步雨中
仿佛
头顶一朵飘移的云

你深情的眼睛
轻轻地呼吸
我甜蜜的笑容
娇娇的声音

这伞仿佛一片天
伞下是只属于我们的世界

飘摇

美人
你还在飘摇吗
是在江心漂泊
还是在云海摇曳

这么绝世的容颜
为何还没有寻到温暖的怀抱
是没有爱
还是无人懂

没有爱的心
惹你孤身风飘
去哪里才好
无人懂的魂
由你影单雨摇
归何处到老

沉爱

你能听见
低沉的呼唤吗
那是发自心底的声音
浑厚
不高亢
像父亲苍老手掌拉响的二胡
低回
不嘹亮
如母亲枯瘦手指弹拨的古琴

不再清丽悠扬
不再俊华纤秀
如一行最醇最浓的泪
如一条最远最深的江

沉沉的爱
密密的思量
全部　全部
融进灵魂最深处
化为低低的一声唤响

未了情

天空　我不想去
我在谷渊还有未了的情
我飞得再高
也高不过你的眼睛

大海　我不想去
我在旷野还有未了的情
我游得再远
也远不过你的掌心

你在哪里　我就在哪里
爱在哪里　心就在哪里
我们永远都在继续
未了的情

大提琴

一对深邃的眼睛
观尽人间沧桑风景
俯阅沉海
仰瞻遥星

一双浑厚的手掌
抚遍世上万千灵异
细软流云
旷坚岩壁

一副低沉的宽嗓
缓缓倾诉
发自灵魂深处的声音

月亮桥

月亮桥
河中漂
你在小船轻轻摇

月亮桥
心头绕
你在梦里娇娇笑

月亮桥
花下好
垂目轻嗅幽幽陶

月亮桥
酒里妙
启唇欢酌羞羞俏

起舞

请星光指引我
寻到你的手心
轻轻牵起
邀你起舞

请月光缠绕你
洒满你的身躯
照亮
你梦幻的臂

夜色如洗
心如灵溪
翩翩起舞的我们
是双飞的蝶
婆娑的叶
还是
缠绵的雨

你那一低头

你那一低头
羞了一朵云
绯红霞彩映照你的娇容

你那一低头
烁了一颗星
璀璨荧光流过你的眼波

你那一低头
醉了一个吻
我已深深沉醉在你的温柔

秋悠酒

秋高爽云悠
金桂香飘游
林间一盏酒
花心一点柔

看到太阳

是你
让我随时随地都能看到太阳

寒雪冰雹中
我看到温暖的太阳
疾风骤雨中
我看到明亮的太阳
哪怕是寂寞的夜晚
我也能看见希望的太阳

有了这太阳
我可以一直前进
不知疲惫
为了这太阳
我愿意汗水尽淌
没有悔意

是你
让我看见太阳
是你
点燃我的梦想

敬一杯

亲人
我敬你一杯
我曾安睡在你的臂弯
你用宽大的手掌拍打着
轻轻哄我入睡

亲人
我再敬你一杯
我曾骑在你的肩膀
你用厚实的双肩扛着
稳稳逗我玩闹

亲人
我还要敬你一杯
我一直被你牵挂
你的心里永远惦记着我
是你让我成了一个长不大的孩子

亲人
我还要敬你无数杯
因为
你爱我

随时找到我

你可以随时找到我
只要你想见我
我就出现
只要你需要我
我就来到
只要你寂寞
我就陪伴

不用问我在哪里
我永远在离你最近的地方
等待你的呼唤
随时为你准备着

佳人梦

佳人梦
无人懂
佳人思
何人知

江上芦苇青又飘
谁伴佳人泛舟绕
天边云彩纯且摇
谁与佳人乘鹤妙

宛如江水

祥和的你
宛如一江水
我是你江边的小草
因为你的滋养
才能葳蕤

深沉的你
宛如江水
我是你江里的礁石
因为你的触摸
才能柔滑

奔流的你
宛如江水
我是你江上的浪花
因为你的激荡
才能欢畅

醉了柳

江水啊
你可知道
你的滔滔醉了柳的纤纤
若不是
她怎么垂摆摇羞

江水啊
你可知道
你的汹汹醉了柳的纷纷
若不是
她怎么柔情挽留

几句话

每天都要和你说上几句话
哪怕简简单单的几句
我一句你一句
承接起来就是美丽的童话

再忙也要抽空和你说上几句话
哪怕没有几个字
你一言我一言
串联起来就是舒心的慰藉

再累还是坚持和你说上几句话
哪怕轻应答哼
你一声我一声
编织起来就是暖人的梦乡

云是星

酒眠不知醒
秋沉夜望静
游转摇摆轻
是云还是星

怀中猫咪

如果可以
我只想做你怀里的一只猫咪
你的怀抱宽厚温暖
我只想赖着不走

你轻抚
我静谧安逸
你慢摇
我荡起涟漪
你去哪里
我就去了哪里
睁眼有你
从此不会孤寂
闭眼有你
梦里也是甜蜜

一切有你
再也不必担心
世上风光无限好
也比不上你怀中的一片天地

步摇

步摇　步摇
步移　云摇
莲步生花妙
佳人乘云到
垂丝柔摆飘
髻上步摇笑

步摇　步摇
步轻　声摇
盈步穿雾绕
倩影现又消
知汝身未遥
步摇脆声俏

浅菊悠

秋尽霜白印
芸芸苦寒临
浅菊不言老
自有悠然心

宰相酒

宰相酒
千年流
昔日状元
今辅首

窗头寒
枯灯守
一鸣天下
占鳌头

精图治
心忧透
怜尽苍生
江山久

凭栏望
万象犹
了然旷野
倾盏酒

遇见最美的自己

拾一片金色梧桐
垂于白色衣襟
悠然中的璀璨
就是华美的你

撷一把柔绵桂芳
藏于深深袖怀
质朴中的雅致
就是秀美的你

采一朵轻盈白云
枕于安然梦乡
宁谧中的舒心
就是静美的你

尽情拥抱美好曼妙的时节
终会在这里
遇见最美的自己

伊人望

伊人思君登兰舟
独望波走枯盏酒
昔日鹣鲽今孤守
一解千丝竟白头

飞花叹

飞花叹
独辗转
辗辗转转
独不还

飞花叹
久复返
复复返返
久守寒

飞花叹
自在观
自自在在
观沧海

飞花叹
缥缈幻
缥缥缈缈
幻梦阑

别愁

万绪燃心头
一别熄数秋
飞花叹香晚
落尽几多愁

花枝柔

月下花枝柔
香瓣飞芳酒
玉酿掬纤手
解君相思忧

爱的宿命

我爱你
这是我的宿命
很难说得清楚
对你的情感有多深沉
更难表达透彻
对你的思念有多刻骨

只知道我们已是彼此的命运
早已融为一体
唇齿相依
眼展眉舒
同存同呼吸
共生共燃续

云若烟

畅快轻盈的云儿
你为何化成一缕青烟的模样
绵绵长长
缈缈然然
不似从前
盈盈满满
朗朗展展

因为我爱上了风
为了追随他的灵逸缥缈
我宁愿把自己吹散
爱让我变得细长
绵软

远方的酒

遥远的地方
为你留着一盏酒
醇厚的酒
绵长的酒

等你等了一千年
久久守候
盼你盼了一万遍
心心念念

策马腾云去
醇香途引流
别忘了这盏绵酒
别负了这片痴守

沿香酒

桂繁枝簇球
撷酿琥珀流
邀客不知径
沿香尽杯酒

一树花开

一树花开
远眺木浴燃
近临花枝颤

一树花开
树上团簇繁
树下铺琼毯

一树花开
枝头娇颜粲
空中舞飞欢

一树花开君与瞻
万般妖娆心目传

痴望

飞花泪沾湿
落红笑舞痴
朝晖夕挂枝
弯月何时直

秋千

院落中高高的秋千
是我多年的伙伴
一坐上秋千就是一阵荡漾
一荡漾就是一生

小时候推我荡秋千的
是父亲宽厚的手
缓缓地推我
怕我摔

然后推我荡秋千的
是他俊秀的手
慢慢地推我
逗我笑

再后来推我荡秋千的
是儿子娇嫩的手
轻轻地推我
望我安

秋千的长绳是男人们的手臂
蹬板是男人们的心
手臂摇晃着我飞舞
心灵守护着我的幸福

双虹游

亭廊翘彩流
湖波映粼游
双虹宫娥袖
一枝痴醉求

林安然

林安然
清风淡
竹叶沙沙
欣欣欢

林安然
花溪湛
曲水潺潺
折折弯

林安然
娇颜软
美目纷纷
芳心盼

牡丹

繁彩流艳丰
硕姿星云丛
花国王冠摘
一笑谁争雄

呼吸之间

宇宙浩渺
光阴无限
一切伟大与渺小
长久与短暂
都不过呼吸之间

呼吸之间
瞬息万变
前一瞬已经不在
后一瞬也将改变
每一瞬都唯一
唯一就是永远

婆娑世界
呼吸之间

乱红惹

乱红惹雨霏
泪沾婆娑垂
一荡心揉碎
万花皆成灰

观自在

千斤酒
万花攒
不如一夜
雨阑珊

金绣袍
银玉簪
未及草环
返清淡

观自在
心安然
恬静相守
山外山

妆台思

柳眉染山黛
云鬓系海环
妆台铜镜观
娇颜为谁绽

启始

小公主褪下了洁白的裙装
盘起了瀑布般秀美的长发
她从此不再美丽辉煌了吗

不
她换上了紫金镶边的锦袍
戴上了蓝晶宝石嵌顶的皇冠
这是一个崭新的开始

她
成了万众膜拜的女王

蓝色故乡

记忆中的故乡
一片湛蓝
天蓝水也蓝
天之蓝
博大情怀
水之蓝
细腻绵软

酒中的故乡
一帘悠蓝
歌蓝梦也蓝
歌之蓝
静谧安然
梦之蓝
舒帆远展

秋寒愁

秋寒穿骨瘦
晚霜染白头
万斤百花酒
一解千古愁

双子楼

双子楼
相凝守
未语意知
心间柔

晚风悠
华灯稠
齐映湖光
目燃久

身不移
一世求
魂未沉
百岁佑
时时刻刻环身侧
朝朝暮暮共白头

流影

星辰烁烁
华灯绰绰
城市的夜是美丽魅惑的
那一排商铺的橱窗
棕色的玻璃
闪闪璀璨着
像一条灵动的河

你从那河前走过
流动的身影
伴着河水一起荡漾
悠远
绵长
美得像斑斓的油彩
留在画中
融进了河

拥抱自己

时光荏苒
转瞬即逝
太多太多美好
还没有来得及拥抱
也许我们没有机会
拥抱明月繁星
千万要记得
拥抱最美好的自己

美丽是我们的使命
快乐是我们的追求
幸福是我们的权利
对于博大的世界
我们都是永远的唯一
请深情地拥抱美好的自己
热烈拥抱这永恒的唯一

悠淡欢

无尘无扰烦
且歌且饮欢
撷野篮头攒
悠然归云端

古老的村落

独坐一隅
把你凝望
慢慢走过
将你抚摸

那细长悠远的巷
通向何处
白墙上岁月的斑纹
是怎么样的诉说

走不尽你绵延的身躯
读不透你深情的思量
只见你灰瓦依旧翘楚
新树更加欢硕

红色的春联
红得闪亮
是你渴望的眼睛
对外张望

四方天井
方得沉着
是你静谧的灵魂
修内安宁

古老的村落
你是轮回的梦
低吟在心的长河

轮回的约定

一滴水一滴油
一样的体态
相同的温度
他们靠得很近很近
所有眼睛在期盼
所有心灵在祝福
却
永远融合不到一起
外在相似
本心不一

一摊水一块冰
差异的体态
不同的温度
他们相差很远很远
所有声音在质疑
所有眼神在鄙弃
一旦相拥
瞬间合体

外形有别
灵魂同源

爱是你我的命运
轮回的约定
有了你的一刻
也造就了我
穿越时空
也要找到另一个自己

深情的世界

大大的世界
你如鹰一样勇猛矫健
遨游苍穹,穿梭昼夜
我是在你宽厚羽翼之下
渐渐长大的
被你怜惜的雏儿

你有穿梭太空的神力
却爱我如珍宝
拥我在你柔软的怀抱里
你有展翅越峰的奇速
却护我如眼睛
注我于你温情的目光中

你把晨曦的新露衔于我
湿润我枯涩的眼睛
我明白了,这就是甘甜的爱
你载我前往浩瀚星海
伴我在天边翔起

告诉我，这里有毕生的梦

我用弱弱的声音呼唤你
豪壮如你
也洒下滚烫的泪滴
我用小小的手儿抚摸你
刚毅如你
也铺满醉人的笑意

给我一生的守护
因为我是你的娇孩
你愿幻化广阔天地
赐我无尽的恩泽
因为我是你心底的柔软
你甘心填满岁月点滴

世界
我的父亲母亲
孩儿永远铭记你的深情
愿奉献我的一生
为你伟岸的身躯
增添更多的美丽

红色枫叶

层林尽染
满目枫红
这红是壮日的颜色
铺满希望

一片红透
轻轻抚摸
这红是血液的颜色
蓄满思念

希望的烈红
思念的绵红
比春天的桃红更沉久
比夏天的荷红更浑厚
岁月的展望
灵魂的沉淀

枫红透

秋枫艳霞稠
随拾心殊久
都言花娇妩
谁料叶红透

未来无限好

未来无限好
你轻轻一瞥
便是无穷奇迹
峻逸的风光
足下的远方
满满的
都在你的眼里

未来无限好
你淡淡一语
都是无数真理
沉沉的故事
轻轻的梦呓
婉然的
都在你的唇间

未来无限好
请好好珍惜自己
你的安然

世界的欢欣
你的心意
尘世的厚礼

为什么爱我

为什么要这么爱我
我只是
雄鹰翅膀中
小小的一羽
虽是一羽
也有你的温度

为什么要如此爱我
我只是
宇宙万亿华年里
短短的一瞬
虽是一瞬
也有你的足迹

真正的爱意
不需要你是奇迹
无所谓你是永续
只是渴望
你的独一
你的爱意

佳人安

孤心苦瞻芳
愿守一世长
佳人若无恙
天地自安详

酒上头

酒上头
扶墙游
淡淡轻笑
忆梦舟

脚踏星
耳坠月
摇摇微颤
往昔惆

火烧喉
霜淋手
默默望月
相思瘦

欲把酒浇愁
岂料浇更愁
企盼醉梦游
谁知梦远游

秋林幽

秋来不胜酒
香簪挂枝头
拂袖一挥愁
跌撞抚林幽

心里的孩子

每个人的心里
都住着一个小小的孩子
他是纯洁善良的天使
想把一切伤痛化解
愿将所有苦难消除
他也是快乐天真的精灵
亮亮的眼睛眨着笑着
欢欢的腿儿蹦着跳着
对美好的一切都渴望
对新奇的所有都憧憬

心里的孩子
需要爱
请温暖他　守护他
心里的孩子
需要力量
请鼓励他　赞美他

静幽思

低眉幽思淌
舒眼静波汪
软手玉腮傍
情溢满馨香

未来

用爱你的手
去触摸未来
未来在指尖舞动
用爱你的眼睛
去仰望未来
未来在眼中闪烁
用爱你的心
去祈祷未来
未来在心底涌动

慢慢地靠近
渐渐地清晰
有你才有未来
没有你
余生孤忧

金色大道

高高梧桐树
直升天际
轻轻梧桐叶
飞入云端
满目金灿灿的星烁
空中舞动
地上盘旋
满心亮澄澄的欢欣
耳畔流淌
指尖滑过
振奋又安宁
热烈也静然
这么美丽的金色大道
会通向一个更美好的地方
辉煌

田趣

陌上青茫燃
田头金唤酒
憨牛问草逗
灵鸟立背游

陪你走走

晚风清幽
星月宁守
这么美的季节
这么静的时候
我想
陪你走走

走在小河边
看看河水中
水草浅浅
光影绰绰
相伴而走

走在柳林洲
风扬细垂柳
云也送情
燕也祈求
相亲而走

我好想陪你走走
走进醉人的夜晚
走入香梦之幽

美到心

妙人儿
我被你
美到了心里头
一遍又一遍
看个没够

心间柔绵
相思化舟
想到你的梦里游
谁让我为美俯首
谁叫我为你心忧

有你的美才有天蓝
入你的梦才是星楼

最初

我永远是那个模样
花样娇羞
水样净柔
你看我的第一眼
画面定格
你动情的那一瞬
爱意永久

看遍

低头一抹娇羞
舒眉一片情柔
甜笑唇红透
凝思腮静幽
四目相对的眼神
摄我魂魄
偷偷一瞥的侧颜
乱我心神

你有一百张脸孔
一千个样子
我想用尽一生
把你的美丽看遍

花簪

花簪羞
夫君柔
抚发吻额
入云髻

花簪愁
夫君游
目垂眉扣
洲头守

花簪欢
夫君还
轻移髻结
解梦忧

素衣

洁白素净的长袍儿
轻柔乖巧
佳人赐她一个名字
素衣

素雅洁净不染铅华
皈依柔顺不闻喧嚣
置于衣柜
她是最静谧的风景
着于佳人
她是最无瑕的光影

问归期

幽草静柳惜
佳人着素衣
垂目问流渠
何日君归期

塞还

龙椅垂命天下传
长安罢别马上盏
将军未饮山已翻
强弩骁战塞立还

佳人游

燕蝶沸
佳人游
白衣迎柳草色青
粉颊问花溪缠久
美目波粹云纯新
娇指玉剔水抚柔

群星醉
佳人游
月莹妙随星痴守
婉风轻抚飘带悠
灵心问夜谁人留
夜携佳梦共白头

爱上了你

爱上了你
没有其他奢求
看着你

爱上了你
没有过分奢望
抚着你

爱上了你
没有别的期盼
随着你

只是单纯爱着你
简简单单
就是爱你

杜娘惹

怒沉箱
千金淌
恨恨恨
一面哗然
终流殇

悲境框
万情恍
错错错
两心不许
期断肠

需一别
勿相望
梦见忧
来生荡

行走

慢一些吧
都已经走了那么久
缓一缓吧
走在荆棘丛生的路途
真的疲惫不堪了
没有片刻休憩的安宁
真的落寞了
踽踽独步的心忧

路还有很长
日子还很久很久
不要只顾脚下
回头看看吧
他就在你身后
不忍你孤独
默默相守
抬眼望望吧
你正行走在浩渺的宇宙
美丽无处不在

风光就在左右

与子偕行
天地共走

云行

丽人浅云行
水木浮醉迎
朱唇摇齿沁
星眉交辉映

简单

简单一点
把冗繁嘈杂之物都遗弃吧
还原心灵的空旷安宁
简简单单
心灵就是一片净土
自由奔行
畅快呼吸
重拾简单
寻回自己

好好对你

我应该好好对待
这么可爱的你
用更轻柔的声音
呼唤你
告诉你我真挚不变的情
用更温暖的手
抚摸你
焐热你纯洁透亮的心

我要时刻陪伴你
让你没有孤独
花更多的心思读懂你
让你不会寂寞
你的真　你的善
你的情　你的义
让我情不自禁
更好更好地对待你

生命的轨迹

星星有星星的路径
游去哪里已是宿命
飞翔闪烁
滑落陨息
都是生命的轨迹

漫漫长路
悠悠岁月
我是乘荷叶漂泊
还是跨骏马飞驰
都已是天意
命中注定
徘徊
探求
行走
找寻
越来越清晰地感受到
你在哪里我就在哪里
你就是我生命的轨迹

银杏浓秋

璀黄林尽传
金灿铺河山
指沾银杏叶
秋浓汇梦湾

当你想起我

只要你能想起我
就足够了
不论是漫步在田间阡陌
还是奔跑在海边沙滩
只要你轻轻地想起我
我都能感觉到
我会幻作陌上一株娇羞的花
静静等待你的走过
期盼美丽的邂逅
我会化为沙滩里浅埋的贝壳
慢慢期待你的瞩目
给你意外的惊喜

只要你轻轻地想起我
不论在什么时候
我会翩翩地来到

迎

是在迎接我吗
古树上飘舞的红绸带
白墙里嵌着的圆拱门
古树肃穆庄重
绸带轻盈畅快
白墙白得耀眼
拱门圆得静幽
慢慢走近
感受到一种回归的安宁
这里在等待我
我一直在找寻这里

一步步走近
你期待的眼睛
一直在这里静守
终于
盼到了我
我归于你

曦燃

鸟鸣山青翠
鱼跃水粼粼
金芒驱沉雨
踏梦曦燃心

情涵

青树展
红花含
一路香歌
沁心穿

思漫漫
影淡淡
两盏星灯
烁目燃

摆沙问静枝
可知今昔欢
枝望南山月
莹洁万绪涵

平凡的世界

这是一个多么平凡的世界
草儿淡淡的绿
低着头
没有笑意
花儿弱弱的红
羞着脸
从不言语

可
自从有了你
当爱注入生命的一瞬
所有平凡都赋予神奇
所有枯燥都变得生动有趣
绿成了心头的柳堤
纷飞　柔情
红成了怀里的晚霞
摇舞　梦幻

世界不惧平凡
有你焕发神奇

梦思楼

檐月枝头留
沟星金波走
轻展华庭门
幽步梦思楼

在哪儿

月亮在哪儿
在我的眉头
我走　月也走
随我心
上眉头
下心头

星星在哪儿
在我的眼眸
我游　星亦游
知我情
流眼眸
荡情幽

我又在哪儿
你在哪儿　我就在哪儿
在你的梦里
在你的心头

醒来

晨曦温暖的拥抱中
花儿娇羞地醒来
幽芳播洒
浪花热情的呼唤中
鱼儿畅快地醒来
流彩划过
你深情的凝望
醉心的抚摸中
酥软的唇语
我幸福地醒来
馨香漫漫
蜜意缠缠

紫色花海

一片紫色幽梦
心间宁然
一阵紫色醇香
神意恬淡

这汪紫色的花海
是一粒粒薰衣草精灵
徜徉飞舞的世界
漫步其中
我已不知
是在紫色港湾里安眠
还是在紫色田野间徘徊
只知道
云朵里的紫
灿若一株仙草
晚霞里的紫
仿佛一曲童谣

静静美好

银装素裹的蜡梅
淡淡吐露芬芳
也许无人嗅到
依然静静美好着

遥远夜空的星宿
轻轻眨动眼睛
也许无人看到
依然静静美好着

不爱喧嚣的你
默默深情地爱着世界
一心奉献美丽
也许无人知晓
依然静静美好着

爱是起点
爱是归处
一切美好只为点亮爱的心意

故事

故事
在溢出的陈年老酒里
那么醇　那么厚
在陶醉的粉润脸颊里
那么涩　那么透
在星星的眼睛里
那么遥远
在手心的掌纹里
那么清晰
……

我们的故事
在岁月的日记里
铺洒满满当当的回忆
在心间的花海里
播种点点滴滴的珍惜

我的太阳

温暖的太阳
当你拥抱我的时候
我舒心地笑了
你融化了我原本冰冷的心
甜甜地流着蜜

明亮的太阳
当你照耀我的时候
我灿烂地笑了
你闪亮了我之前干涸的眼睛
粼粼地荡着光

太阳
你的温暖
我的依靠
你的明亮
我的骄傲

努力

我这般努力
只为了你能看见我
看见一个不一样的我
一个全新的我
一个阳光的我

我如此努力
只为了你能认识我
认识一个有灵魂的我
一个有思想的我
一个有深度的我

我这么努力
为了唤醒自己
更为了靠近你

小路

神秘的小路
绵延漫长
近旁花木展
远方幽光唤

安宁的小路
静谧祥和
虫鸟低鸣婉
清溪轻流淌

深情的小路
携手漫步
四目相笑对
两心永惜怜

年少时

年少时
苦情痴
离离相望
手未执

年少时
飞马驰
遥遥鞭誓
梦唤思

望君莫恋陌上枝
望君惜取少年时
陌上枝色涣君识
少年乘春屹壮志

下雨了

下雨了
滴滴答答
你听到了吗
那是我的心跳声

下雨了
纷纷扬扬
你看见了吗
那是我的长头发

因为想念
不停滴滴答答
因为烦绪
一直纷纷扬扬

下雨了
雨水淋在你脸颊
你是否知道
这是我的相思　我的牵挂

故乡愁

滴滴杯中流
历历上心头
是愁还是酒
梦醉故乡游

南国枝

你可记得那南国的细枝
纤秀绵婉
春，嫩嫩的新绿
那么鲜巧
夏，娇娇的羞粉
那么纯柔
秋，灿灿的彤红
那么通透
冬，莹莹的晶白
那么静美

燕过盘空舞
徘徊　徘徊
星照临霄茫
闪烁　闪烁

望君归来时
痴倚南国枝

双雁游

双雁翘檐悠
细枝鸣脆逗
徘舞翅羽柔
相携入云游

停泊

游了那么远
行了那么久
终于
归还初始的地方
静静停泊在安宁的港湾

休憩
望一望水的蓝
沉淀
想一想山的宽
归零
不论昨天的风多狂　浪多烈

今天
你只是停泊的帆
明天
载着梦想与渴望
踏浪启航

泊船

安枕水淡淡
静观云然然
泊船归宁岸
明朝一翔展

曲折

直通前方近
蜿蜒道路长
莫言路难行
曲折现风光

小火炉

降温了
冷冷的雨
起风了
寒寒地吹

回家吧
燃起那盏小火炉
炭火红红
暖了
菜肴香香
美了
温酒醇醇
醉了

望海的小鸟

大海
我是一只小小鸟
飞了好远
寻了好久
终于把你找到
轻轻伫立在你的滩头
静静地把你凝望
爱你博大湛蓝的胸膛
那是最壮丽的梦幻
爱你洁白轻盈的浪卷
那是最温柔的呼唤
我想融入蓝色胸膛
化作游灵的鱼
我想牵着白色呼唤
幻为畅快的帆

终于
你是我眼前的大海
我是你永远的小鸟

拉着手

拉着你的手
不舍走
满心的话儿想说于你
情到此处
一字难出口
只知道
呆呆地看着你
喜欢着
痴痴地拉着你的手
沉醉着
不想让你走
不愿放手

第一次想你

第一次想起你
深秋的冷雨后
想起你宽宽的眉
像是厚厚的屋檐
想起你大大的手
像是软软的枕头
想起你淡泊的灵魂
我一握就静谧无忧
想起你坦然的胸膛
我一抱就祥宁恬柔
你成了我的生活
在深秋的冷雨后

行雨江南

行走江南雨
挥淋笔墨滴
景微游目醉
境幽阅心汲

另一个自己

我一直相信
世界上还有另一个自己
于是开始了漫长的找寻

在柔软金黄的沙滩
会不会有一枚贝壳
和我一样的清新

在霜叶红透的秋林
会不会有一片叶子
和我一样的静谧

在雪花飞舞的院落
会不会有一粒冰晶
和我一样的灵动

终于
我找到了
在你的眼眸中

清新
静谧
灵动
璀璨闪烁
荡漾飞翔的自己

桂香书

秋
捧一本最爱的书
懒懒倚坐在桂树下
清逸花香伴着墨幽
纷纷金雨淋在眉头
醉了整整一个下午

暮色降临
还是不舍得走
撷一枝金桂夹在书中
金雨汇入美丽的句子
香幽融进舒心的文字
把一本流金飘香的书儿
抱入梦中

爱的养育

当我触到你肌肤的冰凉
我会伸出手儿
用热乎的宽掌抚摸你
我要暖你
为你驱散寒冷

当我看见你眼睛里的迷茫
我会蹲下身子
用轻柔的话语和你交流
我要懂你
为你排解忧愁

当我感受你心底的落寞
我会拥抱你
用温暖的目光与你相凝
我要爱你
为你赶走孤寂

你是非凡的

爱的养育
你会绽放得神奇绚丽
成为最灿烂夺目的七色花

牧野

碧洲饮牛羊
油草驰牧广
原幽漫画廊
旷野醉思乡

再唤一遍

我想再听一遍
你唤我的声音
慈爱中把冰山融化
深沉中把波澜挽起
厚重如山岳
广袤如旷原

请再唤我一遍吧
轻轻地唤我
默默地唤我
把我唤到你的身边
把我唤到你的心底

夜思量

枕寒月未泄
抱烛独思量
倚望风握叶
坐闻雨敲窗

香盈袖

香盈袖
芳淋手
玉捻花枝
腕底流

秀满襟
翠扶首
霞染莹面
颊间柔

美目垂
瓣也羞
佳人嗅蕊
陶心幽

红染古乡

行走在你火红的胸膛
原本冰凉的脚下
此刻也发烫
那红透的枫林
多像一枚烈烈的红唇
吻在我的心坎上

苍白的墙披上金装
灰黑的瓦片片染黄
古老宁静的你
一袭灿红嫁衣
顷刻成了娇艳新娘
皱纹填平
莹肌摇风
霜发黑亮
飘荡生光

来了

你来了
那么美丽
如此轻盈
是踩着星吗
那闪闪烁烁的光波
遥远但令人向往
是乘着云吗
这游游荡荡的涟漪
缥缈却软绵心醉

我知道
你真真切切地来了
带着思念
怀着期盼
将我依随
我心朗然感慨
哪怕你只是个梦
我也永远追随

容我

一张张笑脸
都是迎接我的灿烂
一双双热目
全是珍惜我的闪烁

世界在爱着我
创造唯一的我
接纳特别的我

我是上帝的孩子
要为父母贡献美好
我是宇宙的精粹
要把能量洒向人间

我知道你们容我爱我
我更珍惜永燃心火

共君游

繁春无多久
华景邀相游
香透芳郁诱
与君共醉留

变成泡沫

就算变成泡沫
那又怎么样
我来过了
这个美丽的世界
我亲身感受过

就算化成泡沫
那又如何
我爱过了
如此可爱的你
我真心珍重过

就算幻成泡沫
我不后悔
不哭泣
世界我看过
够了
你我爱过
值了

宁舞

安宁何舞幽
轻蝶枕云袖
唤梦相思楼
珍漫蓬衣丢

雨打点滴

滴答滴答
你拍打的声音
一刻未停
一时不息
为什么如此执情
为何这般痴意
窗也为你心疼
门也被你唤醒
点点
你的泪
滴滴
你的盼
还在继续
固执的雨

佳人对饮

摇曳金玉杯
对饮妙佳人
月夜越撩深
溪曼映星辰

石头唱歌

我是山岳之巅的岩石
寂寞了八千年
孤独了五万年
今天我开口唱歌了
有什么奇怪
有何不可
情深了冰川都能焐热
志坚了高山都能移走

我唱歌
因为你来了
看见了你的美丽
情不自禁
自然而然
流出一曲美妙的歌

抱竹安

怀抱一竹宽
春思探袖头
宁安相思透
异星入梦悠

这一步

这一步
这么近
那么远
一迈腿的距离
却迈了好久

这一步
点燃的瞬间
照亮的永恒
眨眼的光阴
跨越了无限

这一步
从肌肤渗透入血液
从眼睛望穿了灵魂
焕然故我
浴火金凤

情动

情动一瞬
一朵娇瓣
妙妙盈盈
飞入
清灵的小溪
漾起
浅浅淡淡的涟漪
瓣儿落下晶莹的泪
舒心感动
柔情地诉说
当我看见你的时候
已经知道
自己将永远属于你
动了情
奉献心灵
穿越渴望
拥抱你

等雪

我在等一场雪
静静飘落片片洁白
纷纷飞舞朵朵梦幻
等待她
把青黑的瓦片抚摸
把幽黄的蜡梅拥抱
把关合的院门叫醒
把老去的古屋凝望
慢慢等待着
期盼一个安宁柔和的白色世界
静静等待着
怀揣着静谧恬淡的憧憬

雪
我在等你
雪
盼你早来

梨涡

娇纷梨涡水
采星嵌云扉
蜜溢瑶浆璀
清酿仙波醉

梦妙缘

枕梦星
摇樽露
乡间抱望
初识处

辰飞雾
渴漫簇
故人漫诉
醉仙诸

可心追
佳缘顾
思缕情穿
芳华幕

回头

我一回头
你就在我身后
笑意朗朗
眼神柔柔

我一见你的笑
安然无忧
一触到你的柔目
恬淡不愁

云儿悠悠
徐风轻走
心儿舒舒
魂灵祥久

你

哪有什么形状
哪有什么语言
我依然感受你的气息
你就是你
珍爱
我的唯一

偶尔想起

只要你能偶尔想起
就足够了
你轻轻点燃
我满满欣然

山岳滴了一颗泪
小溪漫了
白云悠悠回了头
星星灿了

你的笑意
我永恒心欢
你的柔目
我长久期盼

只想靠近

如此执情
那么努力
慢慢地快要忘记自己

这么思念
此般挥舞
渐渐地就将消融羽翼

我
只是想靠近你
哪怕
一毫米
所有付出
甘之如饴

今生

轮回的约定
寻梦的佳旅
因为你
我苦苦思量的你
深情向往的你
你是我奔来的原因
爱你
只爱你
你就是我的今生

我们的未来

我们的未来
看得见
清清楚楚地
闪烁在你的眼眸

我们的未来
握得住
真真切切地
安卧在我的手心

我们的未来
在初见一瞬已经诞成
每一刻欢愉
每一次浇灌
都更加壮硕

带上你

我要带上你
任何地方
请你随我而去

留你一人旧地
总是担心你
只我一人孤闯新域
一直挂记你

只有带上你的旅途
路边才有盛开的花儿
只有看见你娇羞的笑脸
眼波才能闪烁金色光曦

请随了我的心吧
我要永远带上你
不管去哪里
哪里都要有你

归宁

曲水盘竹幽
直月望檐柔
安夜烛当头
珍情归宁久

风华

你
一袭白衣
走来
迎面生风
气韵韶华
惊天的景致
动地的光彩
我愕然
是什么样的气度
凝聚了你
我苦思
是哪里的灵水
滋润着你

风华盖世
神韵独立

为了你

每一次思
是一滴水
对你的挚情
比海洋还要深沉

每一个字
是一颗星
写给你的信
比宇宙还要浩瀚

为了你
做了太多
记不清
等了太久
记不清
改变太大
原来的自己
早已不知在哪里

为了你
还是要继续
继续痴迷　继续守候
继续把自己
慢慢忘记

最月光

你是我心中的月光
最美吗
绝世无双
最纯吗
皎若净潭
最安宁吗
静静高悬
最祥和吗
无声流淌
都是你
你的模样
你的心肠
无法言尽
无从思量
沉醉在你的目光中
安眠在你的软掌上
最
最月光

磬留

佛磬余韵留
涤魂荡灵游
礼鸣永世久
瞻普一眼柔

遗诺愁

询月可饮重诺酒
望星空荡轻云愁
西府新倾执手笑
东门故园遗心幽

追随

你的脚步
我延展的路
你的眼神
我指明的星斗
你的身影
我追随的方向
你的手掌
我牵引的力量

一步步
追着你慢慢走
一刻刻
随着你静静行
只要紧紧追随着你
前方
大道坦荡
未来
无可限量

留恋的星

抬头
静静地仰望你
你是在笑吗
那么开心
小小的身体竟在微微颤抖

你是在诉说吗
如此晶莹
亮亮的眼睛充满了期许

我们隔了很远很远
我依然可以找到你
也许我不明白你的语言
可我懂得你的灵魂

我知道
你是在为我闪烁
照耀我寻你的路
你是在为我守候

等待我听你诉说

你不是遥不可及的梦
你是我留恋的星
穿越距离
突破渴望
永远拥抱你

不远处

思了好久好久
走了好远好远
终于
看到你迎我的笑脸
听见你唤我的声音
你就在
不远处
迈步即达
触手可及
心疼地看着我
爱怜地说
宝贝，辛苦了

是啊
这一路
每一步
走得好辛劳
每一刻
相思得好苦楚

就在你我相视的一刹那
所有辛劳
一切苦楚
瞬间
化为虚无
只有
满满的骄傲
暖暖的幸福

秋念

秋意醇浓心念起
欲问佳人可安意
如若无恙思依昔
烦请红叶漾风起

心柔

为了好好爱你
我生了一颗柔柔的心
丝丝绵雨一般
无声
却温柔地浸润你
润你的肌肤
润你的眼睛
缕缕暖风一般
无形
却轻柔地抚你
抚你的发丝
抚你的魂灵
也许
你不曾听见这颗心的呼唤
不曾看到这颗心的形状
但
你的点点滴滴
丝丝毫毫
她已全部知悉
她要给你所有的柔情

醉醉醉

醉醉醉
何人随
春来把酒问江水
江水摇月心不悔

醉醉醉
何景追
夏弥杯盏临荷蕊
荷蕊漫露羞颜绯

醉醉醉
何事累
秋致指樽望青梅
青梅落木飞土灰

醉醉醉
何时归
冬入玉壶思晶粹
晶粹吻檐融梦瑞

我还在

我还在
相思的树下等待
风中摇曳的树叶
一片一片
都是我惆怅的心

我还在
期盼的街头徘徊
雨水打湿的石板
一块一块
全是我苦楚的泪痕

我还在
昏黄的灯光伴我的暗淡
零落的星星知我的孤寂

我还在
不肯离去
回忆成了唯一氧气
等盼是暗夜的风景

柳垂新

雾蒙柳垂青
水碧丝漾灵
初风唤纷舞
微曦枕梦盈

月漫河滩

夜晚的河滩
很静很软
清风徐徐走过你的身旁
带去了尘埃
还你净柔
明月远远瞻望你的发丝
浇灭了喧扰
随你宁安
鹅卵石纤巧
默然乖守
青苔草无忧
欣然点头
双脚爱上你的细腻温柔
一深一浅
光着身躯
一遍一遍
感受感受

烁影灵

璀华烁目晶
郯彩流心灵
远凝谧山静
撷霞漾湖影

梧桐雨

星群飞舞
流彩划过净空
满地黄花
金帆荡漾静海

到黄昏
点点滴滴
萦香梦
丝丝缕缕